हमारे राष्ट्रीय गीत

राष्ट्रीय गीतों का देश में अलग ही महत्व है। ये गीत बच्चे, बूढ़े और जवानों के दिल-दिमाग़ में एक अनूठा जोश और जुनून भर देते हैं और देश पर मर मिटने के लिए रगें फड़कने लगती हैं। इन गीतों में ढाला गया संगीत भी इतना मधुर और भीतर तक उतर जाने वाला होता है कि देश-भक्ति की भावना और भी उमड़ आती है। आप के बच्चों के लिए इन मशहूर लोकप्रिय गीतों का संकलन प्रस्तुत है, जो गीतकारों, संगीतकारों और गायकों की महान् तिकड़ियों ने रचे हैं। आइए, इन्हें गाएं और गुनगुनाएं।

ज्ञानवर्धक एवं मनोरंजक बाल–साहित्य

- लोकप्रिय बाल गीत
- हमारे देश-भक्ति गीत
- हमारे राष्ट्रीय गीत
- शहीदों के अमर गीत
- इंदिरा गांधी
- मंगल पांडे
- मदर टेरेसा
- स्वप्नलोक का सम्राट
- तीन सूरमा
- साहस का पुतला टॉम
- ख़ज़ाने का द्वीप
- मंगल पांडे
- रज़िया सुलतान
- मीरा
- नूरजहाँ
- घूम-घूम कर देखें देश
- हमारा पर्यावरण
- ख़ौफ़नाक क़िला
- पत्थरों का रहस्य
- टीपू सुल्तान
- हमारे वीर योद्धा
- बहादुर योद्धा आइवन हो
- मोबी डिक - सफ़ेद व्हेल से मुठभेड़
- भीष्म प्रतिज्ञा
- आचार्य चाणक्य
- पृथ्वीराज चौहान
- मंगल की यात्रा
- चन्द्रगुप्त मौर्य
- घर का भेदी, लंका ढावे
- हथियार वह, जो समय पर काम आए
- दोस्ती में ग़रीबी आड़े नहीं आती
- सूर्यपुत्र कर्ण
- भरत से भारत
- अन्ना हज़ारे
- गुरु नानक
- कल्पना चावला
- आओ अपने समुद्र को जानें
- हमारे शरीर की कहानी
- भारत की वीर नारियां
- फुटबॉल मैच
- भारत के महान संत
- अच्छे नागरिक बनें
- गौतम बुद्ध
- हमारा राष्ट्रीय गीत
- हमारा राष्ट्रीय पक्षी : मोर
- हमारे राष्ट्रीय खेल : हॉकी, क्रिकेट, कुश्ती...
- हमारा राष्ट्रीय फूल : कमल
- अच्छे नागरिक बनें
- सिद्धार्थ से गौतम बुद्ध
- मंगल पांडे
- मदर टेरेसा
- सचिन तेंदुलकर
- स्वामी दयानंद सरस्वती
- कबीरदास
- डॉ. सर्वेपल्लि राधाकृष्णन्
- सरदार बल्लभभाई पटेल
- झांसी की रानी लक्ष्मीबाई
- शिक्षाप्रद धर्म-कथाएं
- महाराणा प्रताप
- तुलसीदास
- लाला लाजपत राय
- चूहा पकड़ा गया
- शिरडी के साईं बाबा
- शिक्षाप्रद प्रेरक कहानियाँ
- पं. मदन मोहन मालवीय
- सूक्तियों की कहानियाँ
- दोहों की कहानियाँ
- गुरु गोबिंद सिंह
- जवाहर लाल नेहरू
- डॉ. राजेन्द्र प्रसाद
- नेपोलियन बोनापार्ट
- गुलिवर की लिलिपुट यात्रा
- खुदीराम बोस
- नाना-नानी की कहानियाँ
- महर्षि वाल्मीकि
- रामायण की कहानियाँ
- पुराणों की कहानियाँ
- महाभारत की कहानियाँ
- वेताल पच्चीसी की कहानियाँ (भाग 1)
- वेताल पच्चीसी की कहानियाँ (भाग 2)
- डॉक्टर की बीमारी तथा अन्य नाटक
- एकलव्य तथा अन्य नाटक
- हमारा राष्ट्रीय जलचर : डॉल्फ़िन
- हमारा राष्ट्रीय पशु : बाघ
- हमारा राष्ट्रीय ग्रंथ : गीता
- हमारे राष्ट्रकवि : मैथिलीशरण गुप्त
- हमारे राष्ट्रीय विरासत स्थल
- हमारा राष्ट्रीय फल : आम
- हमारे राष्ट्रपिता : महात्मा गांधी
- हमारे राष्ट्रीय पर्व और दिवस
- हमारी राष्ट्रीय नदी : गंगा
- हमारी वैदिक संस्कृति
- हमारा राष्ट्रीय वृक्ष : बरगद
- हमारी राजभाषा : हिंदी
- हमारे नेशनल पार्क
- हमारा राष्ट्रीय चिह्न : अशोक चक्र
- हमारा राष्ट्रीय ध्वज : तिरंगा
- हमारे राष्ट्रीय स्मारक

सरस्वती ट्रस्ट
देश-भर के प्रमुख रेलवे, रोडवेज व अन्य बुक स्टालों से लें, न मिलने पर हमें लिखें।
जे-40, जोरबाग लेन, नई दिल्ली-110003

सुरुचिपूर्ण एवं प्रेरणादायक गीत संकलन

हमारे राष्ट्रीय गीत

देश-भक्ति के सुप्रसिद्ध गीत
और गीतकारों की सचित्र जीवनी

प्रस्तुति
तेजपाल सिंह धामा

सरस्वती ट्रस्ट

ज्ञानवर्धक एवं मनोरंजक बाल-साहित्य

हमारे राष्ट्रीय गीत (गीत संकलन)

प्रथम संस्करण : 2011
पहला रिप्रिंट : 2011
दूसरा रिप्रिंट : 2014
तीसरा रिप्रिंट : 2014
प्रकाशक : श्री सरस्वती शैक्षिक ट्रस्ट
जे-40, जोरबाग लेन, नई दिल्ली-110003
टाइपसेटिंग : स्केनसेट, नई दिल्ली-110003
मुद्रक : अमर उजाला, नोएडा (यू.पी.)

HAMARE RASHTRIYE GEET (Lyrics)
Presented by Tejpal Singh Dhama

ISBN : 978-81-216-1583-9
11/14/11/04/10/SCANSET/DE/AU/AU/NP070/NP070

रचना स्रोत

भारत महिमा

यह गीत जयशंकर प्रसाद द्वारा लिखा गया है। इसे उनकी अमर कृति 'भारत महिमा' से लिया गया है। इस प्रसिद्ध गीत को 12 अलग-अलग धुनों में संगीतबद्ध किया जा चुका है।

अरुण यह मधुमय देश हमारा

अरुण यह मधुमय देश हमारा।
जहाँ पहुँच अनजान क्षितिज को मिलता एक सहारा।।
सरल तामरस गर्भ विभा पर, नाच रही तरुशिखा मनोहर।
छिटका जीवन हरियाली पर, मंगल कुंकुम सारा।।
लघु सुरधनु से पंख पसारे, शीतल मलय समीर सहारे।
उड़ते खग जिस ओर मुँह किए, समझ नीड़ निज प्यारा।।
बरसाती आँखों के बादल, बनते जहाँ भरे करुणा जल।
लहरें टकरातीं अनन्त की, पाकर जहाँ किनारा।।
हेम कुम्भ ले उषा सवेरे, भरती ढुलकाती सुख मेरे।
मंदिर ऊँघते रहते जब, जगकर रजनी भर तारा।।
अरुण यह मधुमय देश हमारा।

आज हिमालय की चोटी से फिर हमने ललकारा है

आज हिमालय की चोटी से फिर हमने ललकरा है
दूर हटो ऐ दुनिया वालों हिन्दुस्तान हमारा है

जहाँ हमारा ताज-महल है और कुतब-मीनारा है
जहाँ हमारे मन्दिर मस्जिद सिखों का गुरुद्वारा है
इस धरती पर कदम बढ़ाना अत्याचार तुम्हारा है

शुरू हुआ है जंग तुम्हारा जाग उठो हिन्दुस्तानी
तुम न किसी के आगे झुकना जर्मन हो या जापानी
आज सभी के लिये हमारा यही कौमी नारा है

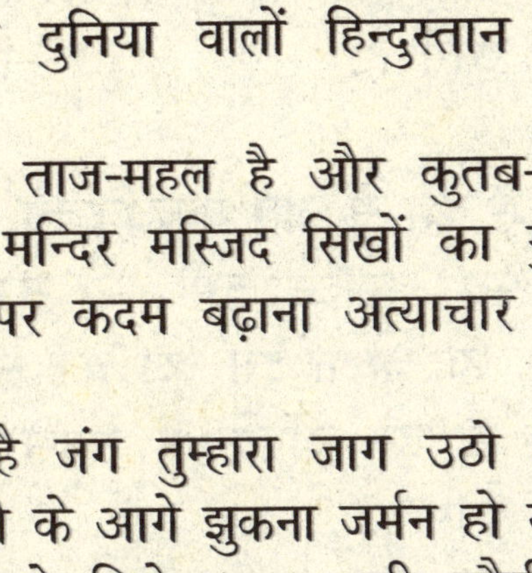

यह 'किस्मत' फिल्म का गीत है। इसे प्रदीप जी ने लिखा है और अनिल विश्वास के संगीत से सजे इस गीत को मुमताज ने गाया है।

रचनाकार

प्रेम धवन

हिन्दी फिल्मों के मशहूर गीतकार प्रेम धवन का जन्म 13 जून 1923 को अम्बाला में हुआ, और लाहौर में स्नातक की शिक्षा पूरी की। आपने फिल्मों के लिये कई मशहूर गीत लिखे। भारत सरकार ने प्रेम धवन को 1970 में पद्मश्री पुरस्कार से सम्मानित किया। आपका देहांत 7 मई 2001 को हुआ।

आराम है हराम

आराम है हराम
तुम देश के कोने-कोने में पहुँचा दो ये पैगाम
आराम है हराम ...

देखो पड़े हैं देश में अब तक कितने काम अधूरे
मिलकर हाथ बढ़ाओ तभी हो सकते हैं पूरे
जाओ एक हो जाओ इस देश को स्वर्ग बनाओ
भारत का हो इस दुनिया में सबसे ऊँचा नाम
आराम है हराम ...

जात-पात के बन्धन तोड़ो ऊँच-नीच को छोड़ो
नए समय से नए जगत से अपना नाता जोड़ो
बदला ढंग पुराना है अब नया जमाना है
ऐसा करो सवेरा जिसकी कभी न आए शाम
आराम है हराम ...

कभी किसी के आगे न झोली फैलाना
चाहे रूखी-सूखी ही हाथों से कमाकर खाना
यही है आन तुम्हारी यही जान तुम्हारी
जिसमें अपना सर झुकता हो करो न ऐसा काम
आराम है हराम ...

यह गीत 'अपना घर' फिल्म का है। रवि के संगीत से सजे इस गीत को रफी एवं आशा भौंसले ने गाया है।

रचनाकार

हसरत जयपुरी

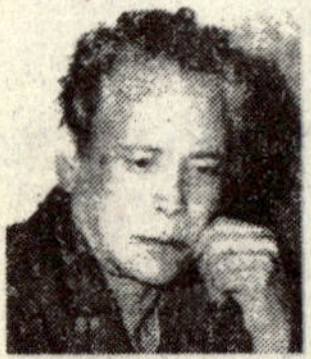

15 अप्रैल 1918 को जयपुर शहर में जन्मे हसरत जयपुरी ने बारहवीं तक की शिक्षा अंग्रेजी माध्यम में पूरी की। इसके बाद वह अपने दादा फिदा हुसैन से उर्दू और फारसी की तालीम लेने लगे। बीस वर्ष की उम्र तक पहुंचते-पहुंचते उनका झुकाव शेरो-शायरी की तरफ होने लगा था।

आने वाले कल की तुम तसवीर हो

आने वाले कल की तुम तसवीर हो
नाज करेगी दुनिया तुम पर दुनिया की तकदीर हो
तुम हो किसी कुटिया के दीपक, जग में उजाला कर दोगे
भोली-भाली मुस्कानों से सबकी झोली भर दोगे
हंसते चलो जमाने में तुम चलता हुआ एक तीर हो
नाज करेगी...

नाम न लेना रोने का तुम रोतों को हंसाने आए हो
नहीं रूठना कभी कि तुम रूठों को मनाने आए हो
जो रूठी तकदीर बदले, तुम ऐसी तकदीर हो
नाज करेगी...

एक दिन होंगे जमीं आसमां चांद सितारे हाथों में
इक दिन होगी भारत की तकदीर तुम्हारे हाथों में
तोड़ सके न दुश्मन जिनको तुम ऐसी जंजीर हो
नाज करेगी...

यह गीत 'छोटे बाबू' फिल्म का है। शंकर जयकिशन के संगीत से सजे इस गीत को लता एवं साथियों ने गाया है।

रचनाकार

रामप्रसाद बिस्मिल

रामप्रसाद बिस्मिल, भारत के महान सपूत थे जिन्होंने भारत की आजादी के लिये अपने प्राणों की आहुति दे दी। उनका जन्म सन 1897 में उत्तर प्रदेश के शाहजहाँपुर में हुआ था। उनके पिता श्री मुरलीधर, शाहजहाँपुर नगरपालिका में काम करते थे। उन्होंने सैकड़ों गीत लिखे।

आकाश के आंचल में सितारा ही रहेगा

आकाश के आंचल में सितारा ही रहेगा
यह देश है हमारा हमारा ही रहेगा
धरती की हर एक गूंज से आकाश हिला दो
भारत की यह सोई हुई तकदीर जगा दो
जिस खेत से दहका को न रोटी हो मयस्सर
उस खेत के हर गोशए-गन्दुम को जला दो
इन्कलाब जिन्दाबाद
तूफान का अनजाम किनारा ही रहेगा
यह देश है हमारा...
इस देश में निकलेगी न साहब की सवारी
धनवान के टुकड़ों पे न तरसेंगे भिखारी
सायमन-वापस जाओ
सायमन से यह कह दो कि न टकराए वो हमसे

तदबीर के हाथों में है तकदीर हमारी
इन्कलाब जिन्दाबाद
मजदूर के सीने में शरारा ही रहेगा
यह देश है हमारा....

यह गीत
'शहीदे आजम
भगत सिंह'
फिल्म का है।
लच्छी राम के
संगीत से सजे
इस गीत को
मोहम्मद रफी
ने गाया है।

रचनाकार

भरत व्यास

6 जनवरी 1917 को राजस्थान के चूरू जिले में एक ब्राह्मण परिवार में जन्मे भरत व्यास एक ऐसे गीतकार व कवि थे जिन्होंने फिल्मी गीतों के इतिहास में अपनी कलम से जो बेजोड़ मिठास पैदा की, वह किसी साधारण गीतकार के बस में नहीं था।

इतिहास अगर लिखना चाहो आजादी के मजमून से

इतिहास अगर लिखना चाहो
आजादी के मजबून से
तो सींचों अपनी धरती को
वीरों अपने खून से
हर हर महादेव....

आपस में लड़ना छोड़ो
भेदभाव का सिर तोड़ो
वतन पे आफत आई
तो तार दिल का दिल से जोड़ो
तार दिल का दिल से जोड़ो

अगर बांधना चाहे कोई

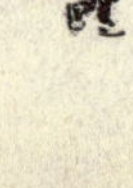

जुल्म भरे कानून से
तो सींचों अपनी धरती को
वीरों तुम अपने खून से
हर हर महादेव...

हमें अबला न समझो कोई
हम भारत की नारी हैं
कोमल-कोमल फूल नहीं
हम ज्वाला हैं चिंगारी हैं
छोड़ दो पायल की झंकार
हाथ में लो तीखी तलवार
हटा दो घूंघट का सिंगार
बनों रणचण्डी का अवतार
हे अंबे जगदंबे, हे अंबे जगदंबे
अगर जो चाहो वतन हमारा
हंसता रहे सुकून से
तो सींचों अपनी धरती को
वीरो अपने खून से
हर हर महादेव...

यह गीत 'रानी रूपमती' फिलम का है। एस एन त्रिपाठी के संगीत से सजे इस गीत को उषा मंगेशकर एवं साथियों ने गाया है।

रचनाकार

प्रेम धवन

सिनेमा के विशाल कैनवास पर प्रेम धवन ऐसे हरफनमौला थे, जिन पर सरस्वती पूरी तरह मेहरबान थी। जीवन की सच्चाइयों से जुड़े उनके गीत-संगीत और नृत्य हमें आज भी अभिभूत कर देते हैं। वे सही मायने में सांस्कृतिक चेतना के सजग प्रहरी और प्रमोटर थे।

उठा है तूफान जाग हिन्दुस्तान जमाना बदल रहा

उठा है तूफान जाग हिन्दुस्तान जमाना बदल रहा
काली कुटिया से देखो फूट रहे उजियाले
थर-थर थर-थर कांप रहे हैं गोरी चमड़ी वाले
ये दो दिन के मेहमान जमाना बदल रहा
उठा है तूफान....

हम न हिन्दू हैं न मुस्लिम हम इन्सान हैं साथी
जुल्म से टकराने वाले सब एक समान हैं साथी
सब एक समान हैं साथी...
बदला है भगवान जमाना बदल रहा
उठा है तूफान...

हमने मिलकर आज है शाही ताकत को ललकारा

छोड़ दो भारत छोड़ दो भारत, गूंजा अपना नारा
हम आज नहीं बेजान जमाना बदल रहा
उठा है तूफान....

मैदानों में झूम के निकले लाखों ही मस्ताने
धरती मां को चूम को निकले लाखों सीना ताने
हर बेगैरत पेशानी पे खून से यह लिखा है
वह जीना भी क्या जीना, जो मरना ना जाने
दे देंगे अपनी जान जमाना बदल रहा
उठा है तूफान....

खून शहीदों का देखो तो आखिर रंग है लाया
कतरा-कतरा आज समंदर बनके है लहराया
लाखों दीप बुझे तो निकला आजादी का सूरज
लाल किले पर फिर से अपना झंडा है लहराया
हुई देश की ऊंची शान जमाना बदल रहा
उठा है तूफान....

यह गीत 'चंद्रशेखर आजाद' फिल्म का है। सरदूल क्वातरा के संगीत से सजे इस गीत को रफी एवं साथियों ने गाया है।

रचनाकार

प्रेम धवन

प्रेम धवन ना केवल गीतकार थे, वरन आपने हिन्दी फिल्मों के लिये कुछ फिल्मों में संगीत दिया, नृत्य निर्देशन किया और अभिनय तक किया। प्रेम धवन ने पं. रवि शंकर से संगीत एवं पं. उदय शंकर से नृत्य की शिक्षा ली। उन्होंने फिल्मों में सारा कार्य बड़ा ही यादगार किया है।

ऐ वतन ऐ वतन, हमको तेरी कसम

ऐ वतन ऐ वतन हमको तेरी कसम
तेरी राहों में जां तक लुटा जायेंगे
फूल क्या चीज है तेरे कदमों पे हम
भेंट अपने सरों की चढ़ा जायेंगे
ऐ वतन ऐ वतन

कोई पंजाब से, कोई महाराष्ट्र से
कोई यूपी से है, कोई बंगाल से
तेरी पूजा की थाली में लाये हैं हम
फूल हर रंग के, आज हर डाल से
नाम कुछ भी सही पर लगन एक है
जोत से जोत दिल की जगा जायेंगे
ऐ वतन ऐ वतन ...

तेरी जानिब उठी जो कहर की नजर
उस नजर को झुका के ही दम लेंगे हम
तेरी धरती पे है जो कदम गैर का
उस कदम का निशां तक मिटा देंगे हम
जो भी दीवार आयेगी अब सामने
ठोकरों से उसे हम गिरा जायेंगे
ऐ वतन ऐ वतन ...

यह गीत 'शहीद' फिल्म का है। प्रेम धवन के संगीत से सजे इस गीत को रफी ने गाया है।

रचनाकार

भरत व्यास

भरत व्यास ने अपने कॅरियर में केवल अच्छे गानें ही लिखे हैं। विशुद्ध हिंदी भाषा का फिल्मी गीतों में उन्होंने व्यापक रूप से इस्तेमाल किया और अच्छे गीतों के कद्रदानों के दिलों में जगह बनाई। उन्हें फिल्मों में हिन्दी के प्रोत्साहन के लिए जाना जाता है।

कभी न खाली जाएगी शहीदों की कुरबानियां

कभी न खाली जाएगी शहीदों की कुरबानियां
हम मिटे इतिहास लिखें हमारी ये कहानियां
जुल्म देखकर खून बोलता, देशभक्त मतवालों का
तूफां मिटा नहीं सकता है, बलिदानों की निशानियां
हम मिटे...

ये धरती आजाद कभी न हुई किसी कानून से
फूल विजय के यहां खिलें, तुम सींचों अपने खून से
नाम अमर रहेगा सदियों तक वतन पे मरने वालों का
कभी नहीं फल लाएगी अन्याय की बेईमानियां
हम मिटे...

देख हमें आपस में झगड़ते कोई न धोखा खा जाए
टूट पड़ेंगे मिलके हम जो कोई तीसरा आ जाए
इस देश की खातिर एक बनेंगी, हम सबकी जिंदगानियां
हम मिटे

यह गीत 'राज प्रतिज्ञा' फिल्म का है। सन्मुख बाबू ने संगीत देकर इसे अमर बना दिया है।

रचनाकार

साहिर लुधियानवी

साहिर लुधियानवी ने बेहतरीन गजलें, नज़्में, और फिल्मी गीत लिखे जिन्हें लोग आज भी गाते-गुनगुनाते हैं। बंबई फिल्म जगत में आने से पहले साहिर लाहौर में रहते थे। वहां के साहित्यिक क्षेत्र में उनका बड़ा नाम था लेकिन बहुत से शायरों की मानिंद उनकी माली हालत भी कभी अच्छी नहीं रही।

गंगा तेरा पानी अमृत झर झर बहता जाए

गंगा तेरा पानी अमृत झर-झर बहता जाए
युग-युग से इस देश की धरती तुझसे जीवन पाए
गंगा तेरा पानी ...

दूर हिमालय से तू आई गीत सुहाने गाती
बस्ती-बस्ती पर्वत-पर्वत सुख-संदेश सुनाती
तेरी चाँदी जैसी धारा मीलों तक लहराए
गंगा तेरा पानी ...

कितने सूरज उभरे-डूबे गंगा तेरे द्वारे
युगों-युगों की कथा सुनाएँ तेरे बहते धारे
तुझको छोड़ के भारत का इतिहास लिखा न जाए
गंगा तेरा पानी ...

इस धरती का दुख-सुख तूने अपने बीच समोया
जब-जब देश गुलाम हुआ है तेरा पानी रोया
जब-जब हम आजाद हुए हैं तेरे तट मुस्काए
गंगा तेरा पानी ...

खेतों-खेतों तुझसे जागी धरती पर हरियाली
फसलें तेरा राग अलापें झूमे बाली-बाली
तेरा पानी पी कर मिट्टी सोने में ढल जाए
गंगा तेरा पानी ...

तेरे दान की दौलत ऊँचे खलिहानों में ढलती
खुशियों के मेले लगते मेहनत की डाली फलती
लहक-लहक कर धूम मचाते तेरी गोद में जाए
गंगा तेरा पानी ...

यह गीत 'गंगा तेरा पानी अमृत' फिल्म का है। रवि के संगीत से सजे इस गीत को लता एवं रफी ने गाया है।

रचनाकार

मजरूह सुल्तानपुरी

गीतों की भाषा को समृद्ध करने में मजरूह सुल्तानपुरी ने बड़ा योगदान दिया है। इन्होंने कई फारसी शब्दों से फिल्मी गीतों को परिचित कराया। जैसे- बंदा-नवाज, वल्लाह, खादिम, आफताब, दिलरुबा, दिलबर, सनम, वादे-सदा

चमका बनकर अमन का तारा प्रेम की धरती देश हमारा

चमका बन कर अमन का तारा
प्रेम की धरती देश हमारा
जै जै हिंदुस्तान, जै जै हिंदुस्तान

अमन के दुश्मन जंग के बेटे, भूल गए हर चाल
एटम बम से जा टकराया, वीर जवाहर लाल
दुनिया ने एक साथ पुकारा, जै जै हिंदुस्तान
चमका बन कर ...

जंग के हाथों कितनी चूड़ियाँ, होती चकना चूर
जल जाता बारूद में कितने, माँगों का सिंदूर
तुझसे है सिंगार हमारा, जै जै हिंदुस्तान
चमका बन कर ...

धरती माता झूम रही है, भूली दुनिया जंग
क्या पीले क्या गोरे काले, मिल गए तीनों रंग
झंडा ऊँचा रहे हमारा, जै जै हिंदुस्तान
चमका बन कर ...

यह गीत 'एक ही रास्ता' फिलम का है। हेमंत कुमार के संगीत से सजे इस गीत को लता ने गाया है।

रचनाकार

मजरूह सुल्तानपुरी

मजरूह सुल्तानपुरी तरक्की पसंद तहरीक के उर्दू के सबसे बड़े शायर थे। उन्होंने अपनी रचनाओं के जरिए देश, समाज और साहित्य को नयी दिशा देने का काम किया है। उन्होंने हिन्दी गीतों को एक नयी ऊंचाई दी है।

चलो झूमते सर पे बांधे कफन

चलो झूमते सर पे बांधे कफन
लहू माँगती है जमीन-ए-वतन
चलो झूमते...

जहां हम जिये, जहां हम पले
जमीं है वो दुश्मन के कदमों तले
जहां हम जिये, जहां हम पले
जमीं है वो दुश्मन के कदमों तले
जमीं मत कहो है वो अपना बदन,
चलो झूमते सर पे बांधे कफन
लहू माँगती है जमीन-ए-वतन
चलो झूमते...

मुखालिफ कई और इक आशियाँ
कहीं पर बगूले, कहीं आंधियाँ

अरे लुट न जाये हमारा चमन
चलो झूमते सर पे बांधे कफन
लहू माँगती है जमीन-ए-वतन

जो गद्दार है उसको पहचान लो
कि हैं कारवां में छुपे राहजन
चलो झूमते सर पे बांधे कफन
लहू माँगती है जमीन-ए-वतन

चले सर लिये हथेली पे हम
शहीदों के जिन्दा लहू की कसम
कि मरना वतन पे हमारा चलन
चलो झूमते सर पे बांधे कफन
लहू माँगती है जमीन-ए-वतन

'काबली खान' फिल्म के इस लोकप्रिय गीत को संगीतबद्ध किया है चित्रगुप्त ने और अपनी आवाज से इसे अमर बनाया है लता ने।

रचनाकार

रवीन्द्रनाथ टैगोर

रवीन्द्रनाथ ठाकुर को गुरुदेव के नाम से भी जाना जाता है। वे विश्वप्रसिद्ध कवि, साहित्यकार, दार्शनिक और भारतीय साहित्य के एकमात्र नोबल पुरस्कार विजेता हैं। वे एकमात्र कवि हैं जिनकी रचनाएँ दो देशों का राष्ट्रगान बनीं - भारत और बंगलादेश का।

जन गण मन अधिनायक जय है भारत भाग्य विधाता

जन गण मन अधिनायक जय हे
भारत भाग्य विधाता
पंजाब सिन्ध गुजरात मराठा
द्राविड़ उत्कल बंग
विन्ध्य हिमाचल यमुना गंगा
उच्छल जलधि तरंग
तव शुभ नामे जागे
तव शुभ आशिष मागे
गाहे तव जय गाथा
जन गण मंगलदायक जय हे
भारत भाग्य विधाता
जय हे जय हे जय हे
जय जय जय जय हे

पतन-अभ्युदय-वन्धुर-पंथा,
युगयुग धावित यात्री,
हे चिर-सारथी,
तव रथ चक्रेमुखरित पथ दिन-रात्रि
दारुण विप्लव-माझे
तव शंखध्वनि बाजे,
संकट-दुख-श्राता,
जन-गण-पथ-परिचायक जय हे
भारत-भाग्य-विधाता,
जय हे, जय हे, जय हे,
जय जय जय जय हे

घोर-तिमिर-घन-निविड-निशीथ
पीड़ित मूर्च्छित-देशे
जाग्रत दिल तव अविचल मंगल
नत नत-नयने अनिमेष
दुस्वप्ने आतंके
रक्षा करिजे अंके
स्नेहमयी तुमि माता,
जन-गण-दुखत्रायक जय हे
भारत-भाग्य-विधाता,
जय हे, जय हे, जय हे,
जय जय जय जय हे।

हमारे
राष्ट्रीय
गीत

'जन गण मन', भारत का राष्ट्रगान बंगाली में गुरुदेव रवींद्रनाथ टैगोर द्वारा लिखा गया था। इसका हिन्दी रूपांतरण गणेश शंकर विद्यार्थी ने किया है। कुछ अवसरों पर राष्ट्रगान संक्षिप्त रुप से गाया जाता है।

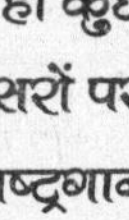

रचनाकार

इन्दीवर

इन्दीवर का जन्म झाँसी (उप्र) में हुआ। उनका असली नाम था श्यामलाल राय। कल्याणजी-आनन्दजी के साथ इनकी जोड़ी खूब जमी। हिन्दी फिल्मी गीतों को इन्दीवर ने कविता के रूप में लिखकर उन्हें एक नया आयाम दिया है।

जन्नत की तस्वीर यह तस्वीर न देंगे

जन्नत की तस्वीर यह तस्वीर न देंगे
हाथों में किसी गैर के तकदीर न देंगे
कश्मीर है भारत का कश्मीर न देंगे

धमकी से किसी जुल्म की हम डर नहीं सकते
समझौता किसी देश से हम कर नहीं सकते
क्या छलेगा तू फूट यह घर है कबीर का
झगड़ा नहीं हो सकता है तुलसी से मीर का
जो फूल चमन का है चमन में ही खिलेगा
अब्दुल ही अपने देश पर मर मिटेगा
लुटने कभी आजादी की जागीर न देंगे
कश्मीर है भारत का ...

परदेस से तूने हथियार मंगवाए
कलौर से नेट सेबरजेट गिराए
हथियारों से कर सकता नहीं दिल पे तू कब्जा
ताकत से बड़ा देश की खिदमत का है जज्बा
गद्दार है वह हिन्द का जो प्यार तुझे दे
वह अमन का दुश्मन है, जो हथियार तुझे दे
दीवाने के हम हाथ में कश्मीर न देंगे
कश्मीर है भारत का ...

यह गीत 'जौहर इन कश्मीर' फिल्म का है। कल्याण जी आनंदजी के संगीत से सजे इस गीत को मोहम्मद रफी ने गाया है।

रचनाकार

साहिर
लुधियानी

साहिर, शैलेन्द्र और शकील अपने समय के फिल्मी गीतों की ऐसी त्रिमूर्ति थे जिन्होंने फिल्मी मुहावरे में उत्कृष्ट साहित्य की रचना की। साहिर संगीतकार से एक रूपया अधिक पारिश्रमिक लेते थे और इस बात को लेकर वह बेहद जिद्दी थे।

ताकत से झुका ले कोई हमें ये काम नहीं आसान

ताकत से झुका ले कोई हमें ये काम नहीं आसान
ये जान ले पाकिस्तान।
टीपू की चमकती तेग हैं हम अर्जुन का दहकता बाण
ये जान ले पाकिस्तान।

दिल भी है बड़ा, धरती भी बड़ी अपने को किसी से बैर नहीं
लेकिन जो बुरी नीयत से बढ़े वह कोई हो उसकी खैर नहीं
दुनिया की सभी कौमों के लिए है अपना यही ऐलान
ये जान ले पाकिस्तान।

नापाक इरादों ने बढ़कर जिस देश की धरती घेरी है
उस देश की धरती पर हमने नेहरू की राख बिखेरी है

इस राख की इज्जत रखने को हो जाएंगे सब कुर्बान
से जान ले पाकिस्तान।

वह वक्त गया, वह दौर गया जब दो कौमों का नारा था,
वो लोग गए इस धरती से जिनका मकसद बंटवारा था,
अब एक है हिन्दुस्तानी और एक है हिन्दुस्तान
ये जान ले पाकिस्तान।

गैरों की मदद से राज करे जो खुद अपनी आबादी पर,
वो लोग न लहरा पाएंगे परचम कश्मीर की वादी पर,
मांगे हुए टैंकों का दमखम कुछ देर का है मेहमान
ये जान ले पाकिस्तान।

ताज, अजंता के वारिस इतिहास बनाने निकले हैं,
काशी, अजमेर, अमृतसर के संगम को बचाने निकले हैं,
इस राह पर जो भी खून बहे तहजीब पर है एहसान
ये जान ले पाकिस्तान।

अपने तिरंगे झंडे के दुश्मन को कुचलकर दम लेंगे,
साजिश के भड़कते शोलों को कदमों से मसलकर दम लेंगे,
रोके से नहीं रुक सकने का है ये बढ़ता हुआ तूफान
ये जान ले पाकिस्तान।

यह गीत 'तू जान ले पाकिस्तान' फिल्म का है। खैयाम के संगीत से सजे इस गीत को महेंद्र कपूर ने गाया है।

रचनाकार

शैलेंद्र

शैलेंद्र के गीत स्तरीयता एवं लोकप्रियता के अद्‌भुत दस्तावेज हैं। भाव एवं शिल्प की दृष्टि से कालजयी गीतों की रचना करने के कारण ही ही आँचलिक उपन्यासों के पुरोधा फणीश्वर नाथ रेणु ने उन्हें कविराज की उपाधि से अलंकृत किया था।

ताकत वतन की हमसे है हिम्मत वतन की हमसे है

ताकत वतन की हमसे है हिम्मत वतन की हमसे है
इज्जत वतन की हमसे है, इनसान के हम रखवाले
पहरेदार हिमालय के हम, झोंके हैं तूफान के
सुनकर गरज हमारी सीने फट जाते हैं चट्टान के
हा..हा....हा..हा..हा..पहरेदार...

सीना है फौलाद का अपना, फूलों जैसे दिल हैं
तन में विंध्याचल का बल है, मन में ताजमहल है
ताकत वतन की हमसे है हिम्मत वतन की...
देकर अपना खून सींचते देश की हम फुलवारी
बंशी से बंदूक बनाते हम वो प्रेम पुजारी
ताकत वतन की हमसे है हिम्मत वतन की ...

आकर कसम दे गई राखी किसी बहन की
देंगे अपना शीश, मगर न देंगे मिट्टी वतन की
ताकत वतन की हमसे है हिम्मत वतन की...

खतरे में हो देश अरे लड़ना सिर्फ धर्म है
मरना है क्या चीज आदमी लेता नया जन्म है
एक जान है एक प्राण है सारा देश हमारा
सदियां चलकर थकीं रुकीं पर रुकी न गंगा की धारा
ताकत वतन की...

यह गीत 'प्रेम पुजारी' फिल्म का है। एस डी बर्मन के संगीत से सजे इस गीत को रफी, मन्ना डे व साथियों ने गाया है।

रचनाकार

राजेंद्र कृष्ण

राजेंद्र कृष्ण जी कमाल के मौजी आदमी थे। उनमें जिंदगी को उसकी तह तक जाकर देख लेने वाली नजर थी, जिसकी वजह से जीवन दर्शन से भरपूर गीत लिखे गए। भावुकता ऐसी कि गांधी जी की मृत्यु का समाचार सुनते ही भाव-विह्वल होकर एक अमर गीत लिख दिया था।

दुश्मन सिर पे खड़ा जाग ओ भारत की संतान

दुश्मन सिर पे खड़ा जाग ओ भारत की संतान
कतरा-कतरा सिमट-सिमट कर बन जा इक तूफान
ऐ मां तेरे बच्चे कई करोड़...

आंधी तूफान के पाले, तेरी लाज के रखवाले
ऐ मां तेरे बच्चे कई करोड़...

तेरा आंचल छूने वाला, हाथ काट कर रख देंगे
निकल पड़े हैं रण में तेरे दूध की कीमत देने वाले
ऐ मां तेरे बच्चे कई करोड़...

लहू रगों में उबल रहा है, आज काम ये आएगा
जहां गिरेगी एक बूंद एक किला वहां बन जाएगा

माता बेटे अमर हैं तेरे, मरकर भी नहीं मिटने वाले
ऐ मां तेरे बच्चे कई करोड़...

दुश्मन समझे सिर्फ अहिंसावादी से यह टक्कर है
वह क्या जाने हर अंगुली पर सुदर्शन चक्कर है
डटे हुए हैं मोड़ मोड़ पर भीम और अर्जुन मतवाले
ऐ मां तेरे बच्चे कई करोड़...

यह गीत 'सिकन्दर-ए-आजम' फिल्म का है। हंसराज बहल के संगीत से सराबोर इस गीत को महेन्द्र कपूर ने गाया है।

रचनाकार

साहिर लुधियानवी

लाहौर से साहिर 'साकी' नामक एक मासिक उर्दू पत्रिका निकाला करते थे। साधन सीमित होने के कारण पत्रिका घाटे में चल रही थी। साहिर की हमेशा यह यह कोशिश रहती थी कि कम ही क्यों न हो लेकिन लेखक को उसका पारिश्रमिक जरूर दिया जाए।

धरती की सुलगती छाती के बेचैन इशारे पूछते हैं

धरती की सुलगती छाती के, बेचैन इशारे पूछते हैं
तुम लोग जिन्हें अपना सको वे खून की धारे पूछते हैं
सड़कों की जुबां चिल्लाती है सागर के किनारे पूछते हैं
ये किसका लहू है कौन मरा
ऐ रहबर मुल्क-ओ-कौम बता
ये किसका लहू है कौन मरा
ये किसका लहू है...

ये जलते हुए घर किसके हैं ये कटते हुए तन किसके हैं
तक्सीम के अंधे तूफां में लुटते हुए गुलशन किसके हैं
बद-बख्त खिजायें किसकी हैं बरबाद नशेमन किसके हैं
कुछ हम भी सुनें हमको भी सुना

ऐ रहबर मुल्क-ओ-कौम बता
ये किसका लहू है कौन मरा
किस काम के हैं ये दीन धरम जो शर्म का दामन चाक करें
किस तरह के हैं ये देश भगत जो बसते घरों को खाक करें
ये रूहें कैसी रूहें हैं जो धरती को नापाक करें
आँखें तो उठा नजरें तो मिला
ऐ रहबर मुल्क-ओ-कौम बता
ये किसका लहू है कौन मरा

जिस राम के नाम पे खून बहे
उस राम की इज्जत क्या होगी
जिस दीन के हाथों लाज लुटे
उस दीन की कीमत क्या होगी
इनसान की इस जिल्लत से परे
शैतान की जिल्लत क्या होगी
ये पुराण हटा कुरान उठा
ऐ रहबर मुल्क-ओ-कौम बता
ये किसका लहू है कौन मरा

यह गीत 'धर्म पुत्र' फिल्म का है। इसे एन दत्ता ने संगीतबद्ध किया है और महेन्द्र कपूर ने गाया है।

रचनाकार

आनंद बख्शी

लोकप्रिय कवि और फिल्मी गीतकार आनन्द बख्शी का जन्म 21 जुलाई 1930 को रावलपिंडी में हुआ था। उन्होंने एक से बढ़कर एक लोकप्रिय गीत दिए, जो आज तक यादगार हैं और लोग जिन्हें गुनगुनाते रहते हैं। उनकी मृत्यु 30 मार्च 2002 को मुंबई में हुई।

नफरत की लाठी तोड़ो, लालच का खंजर फेंको

नफरत की लाठी तोड़ो
लालच का खंजर फेंको
जिद के पीछे मत दौड़ो
तुम देश के पंछी हो देश प्रेमियो
आपस में प्रेम करो देश प्रेमियो
देखो ये धरती... हम सबकी माता है
सोचो, आपस में क्या अपना नाता है
हम आपस में लड़ बैठे तो देश को कौन संभालेगा
कोई बाहर वाला अपने घर से हमें निकालेगा
दीवानों होश करो... मेरे देश प्रेमियो आपस में प्रेम करो

मीठे पानी में ये जहर न तुम घोलो
जब भी बोलो, ये सोच के तुम बोलो

भर जाता है गहरा घाव, जो बनता है गोली से
पर वो घाव नहीं भरता, जो बना हो कड़वी बोली से
दो मीठे बोल कहो, मेरे देशप्रेमियो...
आपस में प्रेम करो देश प्रेमियो

तोड़ो दीवारें ये चार दिशाओं की
रोको मत राहें, इन मस्त हवाओं की
पूरब-पश्चिम-उत्तर-दक्षिण का क्या मतलब है
इस माटी से पूछो, क्या भाषा क्या इसका मजहब है
फिर मुझसे बात करो
आपस में प्रेम करो देश प्रेमियो

यह गीत 'देशप्रेमी' फिल्म का है। इसे संगीतबद्ध लक्ष्मीकांत प्यारे लाल ने किया है और रफी ने गाया है।

रचनाकार

प्रेम धवन

प्रसिद्ध गीतकार प्रेम धवन का जन्म 13 जून 1923 को अम्बाला में हुआ, और इन्होंने लाहौर में स्नातक की शिक्षा पूरी की। प्रेम धवन ना केवल गीतकार थे, वरन आपने हिन्दी फिल्मों के लिये कुछ फिल्मों में संगीत दिया, नृत्य निर्देशन किया और अभिनय तक किया।

पगड़ी सम्भाल जट्टा पगड़ी सम्भाल ओय

पगड़ी सम्भाल जट्टा
पगड़ी सम्भाल ओय
पगड़ी सम्भाल तेरा
लुट गया माल ओय

तू धरती की माँग सँवारे सोये खेत जगाये
सारे जग का पेट भरे तू अन्नदाता कहलाये
फिर क्यों भूख तुझे खाती है और तू भूख को खाये
लुट गया माल तेरा लुट गया माल ओय
पगड़ी सम्भाल जट्टा ...

देके अपना खून पसीना तूने फसल उगायी
आँधी देखी तूफाँ झेले बिपदा सभी उठायी

फसल कटी तो ले गये जालिम तेरी नेक कमायी
लुट गया माल तेरा लुट गया माल ओय
पगड़ी सम्भाल जट्टा ...

उठ और उठ के खाक से जर्रे एक सितारा बन जा
बुझा बुझा क्यों दिल है तेरा इक अंगारा बन जा
ओ सदियों के ठहरे पानी बहती धारा बन जा
लुट गया माल तेरा लुट गया माल ओय
पगड़ी सम्भाल जट्टा ...

'शहीद' फिल्म के इस गीत को इसके लेखक प्रेम धवन ने ही संगीतबद्ध किया है और इसे मोहम्मद रफी ने गाया है। वास्तव में यह गीत एक लोकप्रिय लोकगीत है, जिसका फिल्मी रूपांतरण किया गया है।

रचनाकार

अन्जान

28 अक्टूबर 1930 को बनारस में जन्मे अनजान का बचपन से ही शेरो-शायरी के प्रति गहरा लगाव था। गीतकार के रूप में अनजान ने कॅरियर की शुरुआत 1953 में अभिनेता प्रेमनाथ की फिल्म 'गोलकुंडा का कैदी' से की। 13 सितम्बर, 1997 को वह दुनिया से अलविदा कह गए

प्यार की राह दिखा दुनिया को रोके जो नफरत की आँधी

प्यार की राह दिखा दुनिया को रोके जो नफरत की आँधी
तुममें ही कोई गौतम होगा तुममें ही कोई होगा गाँधी
प्यार की राह दिखा ...

तुम बदलोगे उल्टी चालें बिगड़े हुए जमाने की
तुम लाओगे बहार वापस इस उजड़े वीराने की
देख रहा है खवाब जमाना मुर्दा चाँद-सितारों के
फिक्र करो कुछ तुम दुनिया की, बिगड़ी बात बनाने की
प्यार की राह दिखा ...

तुम्हें मोहब्बत करनी है भूखे नंगे लाचारों से
तुम्हें तो है इंसाफ मांगना जुल्म के ठेकेदारों से
तुम्हें मिटाने हैं सारे झगड़े तख्त और ताजों के

तुम्हें बचानी है ये दुनिया, तोप तीर तलवारों से
प्यार की राह दिखा ...

वादा करो कि तुम ना तूफानों से घबराओगे
मेहनत और सच्चाई की तुम सदा राह अपनाओगे
नई जिन्दगी नई खुशी का नया दौर तुम लाओगे
फिर अपनी जान भी तुम, इक नया जहान बसाओगे
प्यार की राह दिखा ...

हमारे राष्ट्रीय गीत

यह गीत 'लम्बे हाथ' फिल्म का है। इसको जी एस कोहली ने संगीतबद्ध किया है और रफी एवं साथियों ने इसे गाया है।

रचनाकार

इन्दीवर

इन्दीवर का जन्म झाँसी (उप्र) में हुआ। हिन्दी फिल्मी गीतों को इन्दीवर ने कविता के रूप में लिखकर उन्हें एक नया आयाम दिया है, कविता भी ऐसी कि शब्द बहुत क्लिष्ट ना हों और आम आदमी की जुबान पर आसानी से चढ़ जायें।

पूरब में सूरज ने छेड़ी जब किरणों की शहनाई

पूरब मे सूरज ने छेड़ी जब किरणों की शहनाई
चमक उठा सिंदूर गगन पे पश्चिम तक लाली छाई
दुल्हन चली, ओ पहन चली, तीन रंग की चोली
बाहों में लहराये गंगा जमुना, देख के दुनिया डोली
दुल्हन चली, ओ पहन चली ...

ताजमहल जैसी ताजा है सूरत
चलती फिरती अजंता की मूरत
मेल मिलाप की मेहंदी रचाये
बलिदानों की रंगोली
दुल्हन चली ...

और चमकेगी अभी और निखरेगी
चढ़ती उमरिया है और निखरेगी

अपनी आजादी की दुल्हनिया, के ऊपर होली
दुल्हन चली ...

मुख चमके ज्यों हिमालय की चोटी
हो ना पड़ोसी की नीयत खोटी
ओ घर वालों जरा इसको बचाना
ये तो है बड़ी भोली
दुल्हन चली ...

देश प्रेम ही आजादी की दुल्हनिया का वर है
इस अलबेली दुल्हन का सिन्दूर सुहाग अमर है
माता है कस्तूरबा जैसी बाबुल गांधी जैसे
चाचा जिसके नेहरु-शास्त्री, डरें ना दुश्मन कैसे
डरें ना दुश्मन कैसे...

जिसके लिये जवान बहा सकते हैं खून की गंगा
आगे पीछे तीनों सेना ले के चलें तिरंगा
सेना चलती है ले के तिरंगा
हों कोई हम प्रान्त के वासी, हों कोई भी भाषा-भाषी
सबसे पहले हैं भारतवासी

यह गीत 'पूरब और पश्चिम' फिल्म का है। कल्याण जी आनंद जी ने इसे संगीतबद्ध किया है और महेंद्र कपूर एवं साथियों ने इसे गाया है।

रचनाकार

साहिर लुधियानवी

साहिर ने जब लिखना शुरू किया तब इकबाल, जोश, फैज, फिराक, वगैरह शायरों की तूती बोलती थी, पर उन्होंने अपना जो विशेष लहजा और रुख अपनाया, उससे न सिर्फ उन्होंने अपनी अलग जगह बना ली, बल्कि वे भी शायरी की दुनिया पर छा गये।

बगावत का खुला पैगाम देता हूँ जवानों को

बगावत का खुला पैगाम देता हूँ जवानों को
अरे उठो उठ कर मिटा दो तुम गुलामी के निशानों को
जय जननी जय भारत माँ...

उठो गंगा की गोदी से, उठो सतलुज के साहिल से
उठो दक्खन के सीने से, उठो बंगाल के दिल से
निकालो अपनी धरती से विदेशी हुक्मरानों को
उठो उठ कर मिटा दो तुम गुलामी के निशानों को
जय जननी जय भारत माँ...

खिजाँ की कैद से उजड़ा चमन आजाद करना है
हमें अपनी जमीं अपना चमन आजाद करना है
जो गद्दारी सिखायें खींच लो उनकी जबानों को

उठो उठ कर मिटा दो तुम गुलामी के निशानों को
जय जननी जय भारत माँ...

ये सौदागर जो इस धरती पे कब्जा कर के बैठे हैं
हमारे खून से अपने खजाने भर के बैठे हैं
इन्हें कह दो के अब वापस करें सारे खजानों को
उठो उठ कर मिटा दो तुम गुलामी के निशानों को
जय जननी जय भारत माँ...

जो इन खेतों का दाना दुश्मनों के काम आना है
जो इन कानों का सोना अजनबी देशों को जाना है
तो फूँको सारी फसलों को जला दो सारी कानों को
उठो उठ कर मिटा दो तुम गुलामी के निशानों को
जय जननी जय भारत माँ...

बहुत झेलीं गुलामी की बलायें अब न झेलेंगे
चढ़ेंगे फाँसियों पर गोलियों को हँस के झेलेंगे
उन्हीं पर मोड़ देंगे उनकी तोपों के दहानों को
उठो उठ कर मिटा दो तुम गुलामी के निशानों को
जय जननी जय भारत माँ...

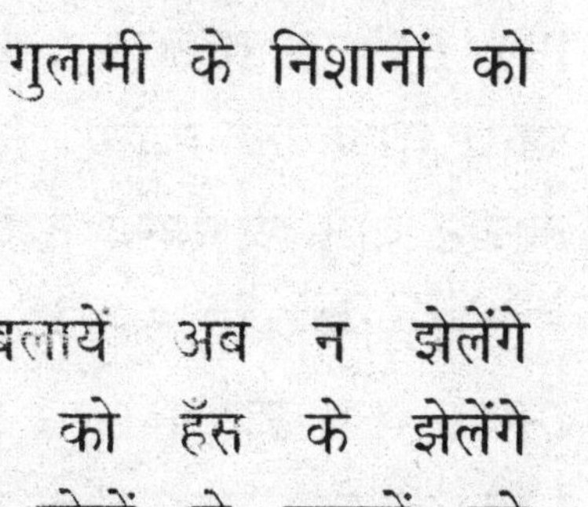

'धर्म पुत्र' फिल्म का यह गीत महेंद्र कपूर ने गाया है और एन दत्ता ने इसको संगीतबद्ध किया है।

रचनाकार

सुरेश मलिक एवं पीयूष पांडेय

सुरेश मलिक विज्ञापन जगत से जुड़ी हुई एक महान हस्ती हैं। सुरेश मलिक ने कई देशभक्तिपूर्ण फिल्मों में अपना महत्वपूर्ण योगदान दिया है।

पीयूष पांडे ओगलिवे इंडिया के शीर्ष अधिकारी हैं और इसकी मुख्य पंक्ति सुरेश जी को इन्होंने ही सुझाई थी।

मिले सुर मेरा तुम्हारा तो सुर बने हमारा

मिले सुर मेरा तुम्हारा, तो सुर बने हमारा
सुर की नदियाँ हर दिशा से बहते सागर में मिलें
बादलों का रूप ले कर बरसे हल्के हल्के
मिले सुर मेरा तुम्हारा... (हिन्दी)
चान्य् तरज तय म्यान्य् तरज,
इकवट बनि यि सान्य् तरज (कश्मीरी)
तेरा सुर मिले मेरे सुर दे नाल
मिलके बने एक नवा सुर ताल (पंजाबी)
मिले सुर मेरा तुम्हारा तो सुर बने हमारा (हिन्दी)
मुंहिंजो सुर तुहिंजे सां पियारा मिले जड़हिं,
गीत असांजो मधुर तरानो बणे तड़हिं (सिन्धी)
सुर का दरिया बहते सागर में मिलें (उर्दू)
बदलाँ दा रूप लैके बरसन होले होले (पंजाबी)

इसैन्दाल नम इरुवरिन सुरमुम नमदक्कुम
तिसै वेरु आनालुम आलि़ सेर
मुगिलाय मलै़यय पोलि़वदु पोल इसै
नम इसै... (तमिल)
नन्न ध्वनिगे निन्न ध्वनिय,
सेरिदन्ते नम्म ध्वनिय (कन्नड़)
ना स्वरमु नी स्वरमु संगम्ममै,
मन स्वरंगा अवतरिंचे (तेलुगू)
निंडे स्वरमुम् नींगऴडे स्वरमुम
धट्टुचेयुम् नमुडेय स्वरम (मलयालम)
तोमार शुर मोदेर शुर
सृष्टि करूर अइको शुर (बांग्ला)
सृष्टि हो करून अइको तान (असमिया)
तोमा मोरा स्वरेर मिलन
सृष्टि करे चालबोचतन (उड़िया)
मिले सुर जो थारो म्हारो
बणे आपणो सुर निरालो (गुजराती)
माँझा तुमच्या जुलता तारा
मधुर सुराँचा बरसती धारा (मराठी)
सुर की नदियाँ हर दिशा से बहते सागर में मिलें
बादलों का रूप ले कर बरसे हल्के हल्के
मिले सुर मेरा तुम्हारा तो सुर बने हमारा
मिले सुर मेरा तुम्हारा, तो सुर बने हमारा (हिन्दी)

यह गीत 26 जनवरी 1986 को दूरदर्शन पर पहली बार प्रसारित हुआ। इस गीत की अवधारणा तत्कालीन प्रधानमंत्री राजीव गांधी के मस्तिष्क की उपज थी। इस गीत को भीमसैन जोशी और साथियों ने गाया है। इसे लुई बैंक्स ने संगीतबद्ध किया है।

रचनाकार

शैलेंद्र

30 अगस्त 1923 को जन्मे यथानाम तथा गुण को चरितार्थ करने वाले संवेदनशील कवि एवं लोकप्रिय गीतकार शैलेंद्र ने सन 1949 में फिल्म जगत के अद्वितीय अभिनेता राजकपूर के आग्रह पर गीतकार के रूप में फिल्मी दुनिया में कदम रखा था।

ये चमन हमारा अपना है, इस देश पे अपना राज है

ये चमन हमारा अपना है
इस देश पे अपना राज है
मत कहो के सर पे टोपी है
कहो सर पे हमारे ताज है
ये चमन हमारा अपना है...

आती थी एक दिवाली
आ... आ... आ...
आती थी एक दिवाली
बरसों में कभी खुशहाली
अब तो हर एक वार एक त्यौहार है
ये उभरता सँवारता समाज है
ये चमन हमारा ...

आ... आ... आ... आ...
ये जान से प्यारी धरती
आ... आ... आ...
ये जान से प्यारी धरती
दुनिया की दुलारी धरती
ओ ये अमन का दिया आँधियों में जला
सारी दुनिया को इस पे नाज है
ये चमन हमारा अपना है...

हो देख लो कहीं गम न रहे कहीं गम न रहे
कहीं गम न रहे कहीं गम न रहे
ओ रोशनी कहीं कम न रहे, कहीं गम न रहे
कहीं गम न रहे, कहीं गम न रहे
सारे संसार की आँख हम पे लगी
अपने हाथों में अपनी लाज है
ये चमन हमारा अपना है
इस देश पे अपना राज है

यह गीत 'अब दिल्ली दूर नहीं' फिल्म का है। दत्ताराम के संगीत से सजे इस गीत को गीता और आशा भौसले एवं साथियों ने गाया है।

रचनाकार

अर्जुन

अर्जुन ने हिन्दी फिल्मों में कई यादगार गीत लिखे हैं। इन्होंने अधिकतर देशभक्ति के ही गीत लिखे हैं, जिन्हें खूब सराहना मिली है।

राम कृष्ण की धरती पर पापी ने पांव पसारा है

राम कृष्ण की धरती पर, पापी ने पांव पसारा है
बढ़ो जवानो, आज विदेशी ने हमको ललकारा है
इस धरती को हथियाने का उसने आज विचार किया
इस भारत को धमकाने का उसने बड़ा प्रचार किया
उत्तर में वो खड़ा हिमालय, टक्कर लेने वाला है
वहां हजारों वीर लड़ेंगे, उसने हमें न जाना है
वीर शिवाजी के पौवाड़े हमने घर-घर गाये हैं
महाराणा प्रताप के मारू बाजे हमने खूब बजाए हैं
रणभेरी बज उठी, कट्टबोमन ने हमें पुकारा है
हमलावर गद्दारों का अब काम न बनने वाला है
हम न किसी का मुल्क चाहते हमें किसी से बैर नहीं
हम पर जो चढ़कर आएगा, उस दुश्मन की खैर नहीं
कश्मीर से अंतद्वीप तक यही हमारा नारा है

हिन्द महासागर की लहरों ने सुन लो यही पुकारा है
सुन लो यही पुकारा है
राम कृष्ण की धरती पर, पापी ने पांव पसारा है
बढ़ो जवानो, आज विदेशी ने हमको ललकारा है

यह गीत 'अमर शहीद' फिल्म का है। जमालसेन के संगीत से सजे इस गीत को रफी ने अपनी आवाज के जादू से अमर किया है।

रचनाकार

हशमत

हशमत साहब ने फिल्म संगीत में बहुत लंबी पारी तो नहीं खेली लेकिन थोड़े से समय में कुछ अच्छे गीत जरूर दे गए हैं। एम जी हशमत के गीत उस छतरी की तरह हैं जिसके नीचे हर दुख दर्द समा जाते हैं। उनके शब्दों का चयन कुछ ऐसा होता था कि आम लोगों को उनके गीत अपनी ही आवाज जान पड़ती थी।

वर्दी है भगवान फौजी मेरा नाम

वर्दी है भगवान
फौजी मेरा नाम
गोलियां खाके गर्दन झुकाता नहीं
कदम को बढ़ा के हटाना नहीं
वर्दी है भगवान

शहीदों के खून की खुशबू पुकारे
कोई आबरू ए वतन न उजाड़े
हदों की हिफाजत हमारा धर्म है
हिमालय से पत्थर न कोई उखाड़े
हिमालय से पत्थर न कोई उखाड़े
यही है अरमान
फौजी मेरा नाम...

फौजी रब दा दूजा नाम
वर्दी है भगवान
हिन्दू सिख ईसाई कोई मुसलमां है
ये बेटे हैं चार मगर एक ही मां है
तिरंगे का आंचल उतारे न कोई
यही कौम की बंदगी का निशां है
बांहें हैं कृपाण
फौजी मेरा नाम...

यह गीत 'फौजी' फिल्म का है। सोनिक ओमी के संगीत से सजे इस गीत को रफी, आशा, मन्ना डे और मीनू ने गाया है।

रचनाकार

इकबाल

अल्लामा इकबाल अपने गहन दर्शन और फारसी जबान के ज्यादा इस्तेमाल के चलते आसान शायर नहीं माने जाते। वैसे भी वह गजल से ज्यादा नज़्म के शायर माने जाते हैं। उन्होंने 'सारे जहां से अच्छा हिन्दुस्तान' नामक गीत लिखा, लेकिन बाद में इसी गीत को बदल दिया था।

सारे जहाँ से अच्छा, हिन्दोस्तां हमारा

सारे जहाँ से अच्छा, हिन्दोस्तां हमारा
हम बुलबुलें हैं इसकी, यह गुलस्तिां हमारा

गुरबत में हों अगर हम, रहता है दिल वतन में
समझो वहीं हमें भी, दिल हो जहाँ हमारा
सारे जहाँ से अच्छा, हिन्दोस्तां हमारा

परबत वो सबसे ऊँचा, हमसाया आसमाँ का
वो संतरी हमारा, वो पासवां हमारा
सारे जहाँ से अच्छा, हिन्दोस्तां हमारा

गोदी में खेलती हैं, जिसकी हजारों नदियाँ

गुलशन है जिसके दम से, रश्क-ए-जिनां हमारा
सारे जहाँ से अच्छा, हिन्दोस्तां हमारा

ऐ आब-ए-रौंद-ए-गंगा! वो दिन है याद तुझको
उतरा तेरे किनारे, जब कारवां हमारा
सारे जहाँ से अच्छा, हिन्दोस्तां हमारा

मजहब नहीं सिखाता, आपस में बैर रखना
हिन्दी हैं हम वतन हैं, हिन्दोस्तां हमारा
सारे जहाँ से अच्छा, हिन्दोस्तां हमारा

यूनान, मिस्र, रोमां, सब मिट गए जहाँ से
अब तक मगर है बाकी, नाम-ओ-निशां हमारा
सारे जहाँ से अच्छा, हिन्दोस्तां हमारा

कुछ बात है कि हस्ती, मिटती नहीं हमारी
सदियों रहा है दुश्मन, दौर-ए-जहाँ हमारा
सारे जहाँ से अच्छा, हिन्दोस्तां हमारा

इकबाल कोई मरहूम, अपना नहीं जहाँ में
मालूम क्या किसी को, दर्द-ए-निहां हमारा
सारे जहाँ से अच्छा, हिन्दोस्तां हमारा

यह गीत कई फिल्मों में फिल्माया गया है। जिनमें 'भाई-बहन' और 'अपना घर' फिल्में मुख्यतः हैं। अपना घर में इसे संगीत रवि ने दिया है और सोना ठाकुर ने इसको गाया है।

रचनाकार

कमर जलालाबादी

कमर जलालाबादी का असली नाम ओम प्रकाश था। अविभाजित भारत के जलालाबाद (अब पकिस्तान में) एक पंजाबी खत्री परिवार मे जन्मे ओम प्रकाश स्कूल के समय से शायरी के शौकीन रहे हैं। इन्हें 1942 में पुणे की प्रभात फिल्म कंपनी में पहली बार काम मिला था।

सिकंदर भी आये कलंदर भी आये, न कोई रहा है

सिकंदर भी आये कलंदर भी आये
न कोई रहा है न कोई रहेगा
है तेरे जाने की बारी विदेशी
ये देश आजाद हो के रहेगा
मेरा देश आजाद हो के रहेगा

सिकंदर को पोरस की ताकत ने रोका
गोरी को पृथ्वी की हिम्मत ने टोका
जब खूनी नादर ने छेड़ी लड़ाई
तो दिल्ली की गलियों से आवाज आई
लगा ले तू कितना भी जोर ऐ सितमगर
ये देश आजाद ...

परताप ने जान दे दी वतन पे
शिवाजी ने भगवा उड़ाया गगन पे

मरदों ने खाई आजादी की कसमें
अदा औरतों ने की जौहर की रस्में
कफन बांध कर रानी झांसी पुकारी
ये देश आजाद ...

सिराज और टीपू जफर और नाना
था हर एक इनमें कौमी दीवाना
यहां ले के आये बगावत की आँधी
तिलक नेहरू आजाद नेताजी गाँधी
भगत सिंह की राख ने पुकारा
ये देश आजाद ...

हलाकू रहा है न हिटलर रहा है
मुसोलिनी का ना वो लश्कर रहा है
नहीं जब रहा रूस का जार बाकी
तो कैसे रहेगा सालाजार बाकी
गोवा का हर बच्चा बच्चा पुकारा
ये देश आजाद ...

कल को अगर आये चाओ या माओ
लगा देंगे हम जिंदगी का दांव
हमारा है कश्मीर नेफा हमारा
कभी झुकेगा न झण्डा हमारा
जरा देश के दुश्मनों से ये कह दो
ये देश आजाद ...

यह गीत 'गोवा' फिल्म का है। कल्याण जी आनंद जी के संगीत से सजे इस गीत को मुकेश जी ने गाया है।

रचनाकार

जयशंकर प्रसाद

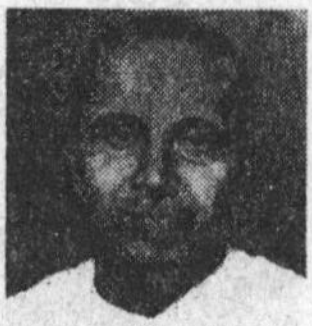

महाकवि के रूप में सुविख्यात जयशंकर प्रसाद हिंदी साहित्य में एक विशिष्ट स्थान रखते हैं। तितली, कंकाल और इरावती जैसे उपन्यास और मधुआ एवं पुरस्कार जैसी कहानियाँ उनके गद्य लेखन की अपूर्व ऊँचाइयाँ हैं। काव्य साहित्य में कामायनी बेजोड़ कृति है।

हम करें राष्ट्र आराधन
हम करें राष्ट्र आराधन

हम करें राष्ट्र आराधन
हम करें राष्ट्र आराधन

तन से, मन से, धन से
तन मन धन जीवन से
हम करें राष्ट्र आराधन
हम करें...

अंतर से, मुख से, कृति से
निश्चल हो निर्मल मति से
श्रद्धा से मस्तक नत से
हम करें राष्ट्र अभिवादन
हम करें...

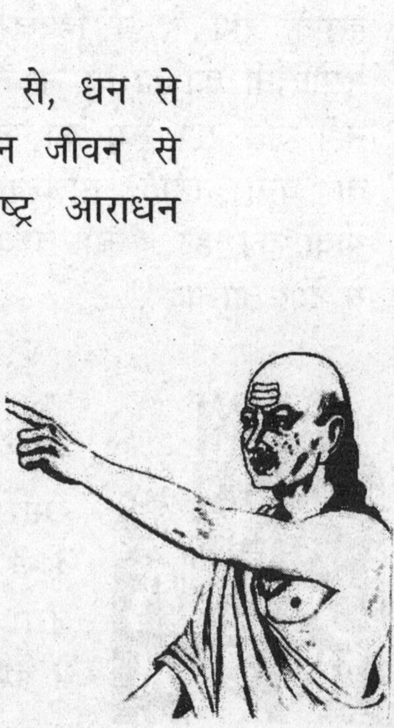

यह कविता बहुचर्चित टीवी सीरीयल 'चाणक्य' के एक एपीसोड में प्रयोग में लायी गयी है।

अपने हँसते शैशव से
अपने खिलते यौवन से
प्रौढ़ता पूर्ण जीवन से
हम करें राष्ट्र का अर्चन
हम करें राष्ट्र आराधन
हम करें...

अपने अतीत को पढ़कर
अपना इतिहास उलट कर
अपना भवितव्य समझ कर
हम करें राष्ट्र का चिंतन
हम करें राष्ट्र आराधन
हम करें...

है याद हमें युग युग की
जलती अनेक घटनायें,
जो माँ की सेवा पथ पर
आई बन कर विपदायें,
हमने अभिषेक किया था
जननी का अरि षोणित से,
हमने शृंगार किया था
माता का अरि-मुंडों से,
हमने ही उसे दिया था

सांस्कृतिक उच्च सिंहासन,
माँ जिस पर बैठी सुख से
करती थी जग का शासन,
अब काल चक्र की गति से
वह टूट गया सिंहासन,
अपना तन मन धन देकर
हम करें राष्ट्र आराधन
हम करें...

तन से, मन से, धन से
तन मन धन जीवन से
हम करें राष्ट्र आराधन
हम करें राष्ट्र आराधन

▼▼▼